TALVEZ AGORA

Diogo Medeiros

TALVEZ AGORA

FARIA E SILVA

Rio de Janeiro, 2024

Talvez agora

ISBN:978-65-6025-103-8.

Impresso no Brasil – 1ª Edição, 2024 – Edição revisada conforme o Acordo Ortográfico da Língua Portuguesa de 2009.

Dados Internacionais de Catalogação na Publicação (CIP)
(BENITEZ Catalogação Ass. Editorial, MS, Brasil)

M438t
1.ed. Medeiros, Diogo
Talvez agora / Diogo Medeiros. – 1.ed. – Rio de Janeiro : Faria e Silva, 2024.
112 p.; 13,7 x 21 cm.

ISBN 978-65-6025-103-8

1. Arte brasileira. I. Título.

05-2024/21 CDD 700

Índice para catálogo sistemático:
1. Brasil : Artes 700
Aline Graziele Benitez – Bibliotecária – CRB-1/3129

Faria e Silva é uma Editora do Grupo Editorial Alta Books

Produção Editorial: Grupo Editorial Alta Books
Diretor Editorial: Anderson Vieira
Editor da Obra: Rodrigo Faria e Silva
Vendas Governamentais: Cristiane Mutüs
Gerência Comercial: Claudio Lima
Gerência Marketing: Andréa Guatiello

Produtora Editorial: Milena Soares
Revisão: Andresa Vidal; Carol Colffield
Diagramação: Natalia Curupana
Capa: Paulo Gomes

ALTA BOOKS
GRUPO EDITORIAL

Rua Viúva Cláudio, 291 – Bairro Industrial do Jacaré
CEP: 20.970-031 – Rio de Janeiro (RJ)
Tels.: (21) 3278-8069 / 3278-8419
www.altabooks.com.br – altabooks@altabooks.com.br
Ouvidoria: ouvidoria@altabooks.com.br

Editora **afiliada à:**

"But nothing's lost. Or else: all is translation.
And every bit of us is lost in it."

— James Merrill

"sou eu que sou vivida, sou eu
que sou grafada, sou eu também
que escuto em surdina esse velho
discurso que me grafa."

— Ana Cristina Cesar

"Se eu morrer, morre comigo
um certo modo de ver.
[...]
O rosto no travesseiro,
fecho os olhos, para ensaio."

— Carlos Drummond de Andrade

Sumário

1

TRÊS ENSAIOS

Vãos

passa um dia e outro
passam como passa um trem
— estou dentro ou fora? —
passa dia, passa mês
cada um como um agora

O *tanka*, uma das formas mais antigas de se escrever poemas em japonês. Usada desde o século VII, consiste em cinco versos, de cinco e sete sílabas alternadamente, na seguinte ordem: cinco, sete, cinco, sete, sete.

Muitas formas poéticas surgiram e caíram em desuso no Japão ao longo do tempo. O *tanka*, no entanto, continua sendo utilizado.

O *tanka* surgiu como a forma aristocrática de se fazer poesia. Era um estilo considerado sofisticado e para poucos, e seus temas eram o amor, a natureza e a passagem do tempo. Com as mudanças sociais e econômicas que se sucederam, a forma foi se tornando mais popular, o que refletiu em temas e linguagem mais cotidianos.

estamos fodidos:
será esse o meu mote
neste fim de outono
mas não estivemos sempre?
me dirá alguém mais sábio

Dia desses, encontrei um catálogo de uma exposição no MASP sobre a Avenida Paulista. As primeiras fotos e gravuras mostram uma avenida de terra, com trilhos de bonde e carruagens; algumas poucas mansões e muitos terrenos loteados. Depois, o Belvedere do Trianon. Depois, o túnel da 9 de Julho, ainda rodeado de casas. Então, a demolição do Belvedere. E, em seu lugar, o projeto e a construção do MASP.

[1]

todo pó que paira:
onde é que ele se assenta?
todo pó que dança
diante da luz do sol
que entra pela janela

A evolução da poesia no Japão tem tudo a ver com a evolução de sua língua. A origem da língua japonesa é um tanto misteriosa, já que não parece se encaixar em nenhum dos grandes troncos linguísticos do Oriente. Não havia escrita no Japão até o século V, quando os caracteres chineses foram importados e possibilitaram o surgimento de uma tradição literária.

Acontece que os caracteres chineses têm função semântica, além de fonética. No português, por exemplo, o conjunto das letras representa o som que as palavras devem ter oralmente: cada sílaba é um fonema. Os caracteres chineses, além de serem fonemas, são também representações pictóricas daquilo que devem representar.

Dia desses, vi por acaso no YouTube um documentário sobre o poeta estadunidense Ezra Pound. Há uma cena em que Pound explica essa característica da escrita chinesa enquanto desenha alguns ideogramas. Um desenho representando um sol atrás de uma árvore significa Leste; quando o sol é desenhado exatamente acima da árvore significa que o tempo passou, que já é mais tarde.

Como a língua japonesa possui algumas flexões inexistentes na escrita chinesa, foi preciso uma mistura dessas duas funções para que os japoneses pudessem se expressar. Ao longo do tempo, com os japoneses tendo mais e mais posse da própria escrita, a função semântica foi desaparecendo, e a fonética prevaleceu, o que significou uma maior independência da literatura japonesa em relação à escrita de seus vizinhos.

o ar está frio
o fundo do ar é azul
o azul do ar
nada tem a ver com o frio
o ar azul está frio

Tomoo Handa chegou ao Brasil em 1917 para trabalhar em lavouras de café no interior de São Paulo e, quatro anos depois, mudou-se para a capital do estado. Estudava na Escola de Belas Artes de São Paulo e já era um artista de relativa expressão quando, em 1938, viu ser aprovado um decreto que, entre outras coisas, proibia o ensino de línguas estrangeiras nas escolas para jovens de até 14 anos. Era uma medida de cunho racista, reclamada por setores da sociedade civil, e posta em prática por políticos que consideravam as imigrações — e naquela altura a mais expressiva delas, em São Paulo, era a japonesa — como ameaças à identidade nacional. Handa escreve em suas memórias que seus compatriotas temiam que, sem aprender o idioma, seus filhos não absorveriam "a base do pensamento japonês".

Ao longo do ano de 1942, com a tensão promovida pela guerra, as casas do bairro da Liberdade eram frequentemente invadidas por policiais em busca de armas ou provas de ações clandestinas. No primeiro semestre daquele ano, houve sucessivos ataques de submarinos alemães a navios brasileiros e, com isso, intensificaram-se as suspeitas sobre qualquer imigrante de países do Eixo, entre eles, o Japão. Handa descreveu a confiscação de livros e revistas japoneses da livraria Eto, na Liberdade: "Aqueles conterrâneos que foram ver o que se passava testemunharam — com o rosto marcado pela melancolia — a cena em que todos os livros foram carregados em caminhões."

Cinco anos depois, em 1947, o MASP foi inaugurado. A compra de seu acervo foi favorecida pelo fato de que, após a guerra, o aumento expressivo do número de quadros à venda no mercado internacional tinha baixado o nível de preços.

o que sempre foi
o que poderia ser
o que nunca foi
e nem poderia ser
o que foi e não se viu

As formas curtas sempre prevaleceram sobre as formas longas na poesia japonesa. *Tanka* e *haiku* — que é, de certa forma, uma derivação do *tanka* — são duas formas que, desde que surgiram, nunca deixaram de ser usadas; elas têm, respectivamente, 31 e 17 sílabas poéticas.

A brevidade das formas poéticas tem como consequência a concentração extrema de imagens e ideias. Não há espaço para palavras demais, e nem para o desenvolvimento didático do que se está dizendo. Paralelamente a isso, os poetas japoneses, como escreve o professor e poeta Anthony Thwaite, sempre tiveram um gosto pelo sugestivo, pela obliquidade. Trata-se da figura de linguagem que os estudiosos das línguas chamam de "elipse".

Elipse se refere a algo subentendido, um dito por não dito na linguagem. É no salto entre uma imagem e uma sensação, entre o particular e o universal, entre o perene e o efêmero, que a poesia japonesa encontra seus momentos mais bonitos. Há um vazio de forma, mas é um vazio preenchido, de alguma maneira, pela vida.

o vento invisível
balança a rede vazia
o vento balança
a vida balança ela
mesma balança o vento

Um desenho de Lina Bo Bardi, de 1968, mostra a extensão do vão do MASP com uma série de esculturas que se oferecem como brinquedos às crianças. O "Estudo preliminar

– Esculturas praticáveis do Belvedere Museu de Arte Trianon" é colorido e tem um clima quase idílico. No catálogo da exposição sobre a Avenida Paulista há um outro desenho, nada idílico, mas também fruto da imaginação de seu autor, o espanhol Juan Pérez Agirregoikoa: uma tropa de choque dispara tiros contra algo que não se vê, que está fora de quadro; ao fundo, o MASP está em chamas.

Em "Uma aula de arquitetura", Lina Bo Bardi escreveu:

> "Quando o músico e poeta americano John Cage veio a São Paulo, de passagem pela Avenida Paulista, mandou parar o carro na frente do MASP, desceu e, andando de um lado para outro do Belvedere, os braços levantados, gritou: 'É a arquitetura da liberdade!'. Acostumada aos elogios pelo 'maior vão livre do mundo, com carga permanente, coberto em plano', achei que o julgamento do grande artista talvez estivesse conseguindo comunicar aquilo que queria dizer quando projetei o MASP: o museu era um 'nada', uma procura da liberdade, a eliminação de obstáculos, a capacidade de ser livre perante as coisas."

O "nada" que é o vão do MASP é o que permite que as duas cenas — as crianças brincando em meio às obras artísticas e a distopia de violência policial e descaso à cultura (impossível não lembrar do incêndio do Museu Nacional quando vemos a imagem do MASP em chamas) — dividam o mesmo cenário. As cenas são igualmente reveladoras, embora o que prevaleça na realidade seja algo entre essas duas possibilidades, ou melhor, o conflito e a convivência entre versões menos "puras" dessas possibilidades.

"Arquitetura da liberdade", nesse sentido, talvez signifique a ausência de imposição de um tipo de atividade sobre as pessoas que convivem junto à estrutura construída. Lina Bo Bardi não poderia saber — e nem controlar — o que seria de seu projeto no futuro.

o salto no escuro
o pouso para respirar
de galho em galho
o pássaro está na árvore
o pássaro está no ar

Ono no Komachi é considerada uma das maiores poetas de *waka* — do qual o *tanka* é uma espécie de subgênero — da história da poesia japonesa. Pouco se sabe sobre sua vida, exceto que ela viveu na segunda metade no século IX e que era famosa por sua beleza, de modo que *komachi* é, até hoje, um termo usado para expressar beleza feminina. Sua poesia é uma poesia melancólica, sobre a solidão e o amor.

Tentei traduzir um de seus poemas do inglês, respeitando a métrica japonesa:

"a vida em vão:
beleza e talento vão

embora qual cor
de flor lavada na chuva
sem fim para mim, sozinha"

Para compensar o mistério envolvendo a biografia de Komachi, há um conjunto de lendas sobre sua vida, das quais grande parte se refere à maldade com que tratava seus amantes. Uma dessas histórias é sobre uma promessa que Komachi fez a um pretendente, de que, se ele a visitasse por cem noites seguidas, ela aceitaria ser sua amante. Ele obedeceu e passou a visitá-la todas as noites, mas morreu na nonagésima-nona.

2

Como punição por essas supostas crueldades, é dito que Komachi passou a velhice vestindo trapos e sendo humilhada onde quer que passasse. Já não havia traços de sua beleza célebre. Quando morreu, seu crânio ficou largado em um campo de arroz, servindo de instrumento ao vento: o som do ar passando pelos buracos que antes eram olhos e boca sendo as lamúrias da poeta morta.

Coutinho

"Porque eu quero ser o outro." — Clarice Lispector

Eduardo Coutinho costumava dizer que o seu interesse pelos próprios filmes vinha do fato de que só ele poderia fazê-los. Nos filmes de Coutinho, cinema e corpo são coisas inseparáveis. Os filmes só existem porque há uma série de encontros entre corpos: um é o de Coutinho; os outros variam.

O primeiro filme de Coutinho que eu vi foi *Jogo de cena* — e, desde então, eu me pergunto o que significam esses encontros.

Há uma cena em *Jogo de cena* em que uma mulher conta sobre a experiência traumática de ter visto a mãe ser internada por uma doença: "Eu tinha 11 anos quando isso aconteceu." Nós a conhecemos: é a atriz Fernanda Torres. O filme é supostamente um documentário. Mas a narração é de repente interrompida; a atriz começa a falar sobre a dificuldade de interpretar outra mulher: "É engraçado... Parece que estou mentindo para você...". "Por que você acha?", a voz de Coutinho pergunta, por trás da câmera. "Porque eu não tenho essa sensação sozinha." "Você acha que está próxima demais [da mulher cuja experiência está sendo interpretada]?" "Não sei, é delicado, não sei... Eu não a separo do que ela diz, acho impossível separar. [...] Parecia que minha memória estava mais lenta que a dela, parece que a fala vem antes de você ter visto, entende?" Um corte rápido e Fernanda Torres volta a narrar, agora sobre uma gravidez precoce e acidental.

Fernanda Torres — ficamos sabendo nesta cena — está interpretando uma outra pessoa. Mas, o que significa interpretar? Como se define uma performance? *Como separar a pessoa do que ela diz?*

Há uma cena de outro filme de Coutinho — *Peões* — em que o diretor pergunta a um ex-metalúrgico se ele sente saudade da época das greves do ABC. Depois de esboçar uma resposta e ficar quase trinta segundos em silêncio diante da câmera, o homem olha para o diretor e pergunta: "O senhor já foi peão?" "Não", responde Coutinho. O ex-metalúrgico não é um ator: aqui não há jogo de cena. Mas a pergunta poderia ter sido feita por Fernanda Torres, com uma pequena variação: "O senhor já foi mulher?" Essa formulação — "O senhor já foi...?" — não deixa de ser uma síntese possível do cinema de Coutinho. Porque o cinema de Coutinho é uma investigação sobre as relações de alteridade. A fala — a linguagem — é o meio pelo qual essa relação se torna possível;

mas só até certo ponto: não há linguagem que alcance a experiência de ser mulher, ou de ser peão. Coutinho sabe disso, e vê beleza no paradoxo de que a única forma pela qual podemos nos entender é a mesma que nos mostra que jamais nos entenderemos completamente.

Eduardo Coutinho: "Essas relações [com os personagens] na verdade são relações eróticas. No sentido amplo da palavra [...], num sentido em que não se usa mais: são relações de corpo. [...] O corpo fala, e a fala que está ligada ao corpo, quando é visceral, é porque há uma relação erótica. Nesse sentido, acho que eu sou bom. Sou bom em provocar isso. Talvez porque... porque eu não espero nada."

A linguagem, nesse sentido, é inseparável do corpo. Escrever é escrever com o corpo? Como fazer da minha relação com quem lê uma relação erótica? Como *alcançar* o outro?

Quando teclo, palavra por palavra, algo que estou ouvindo Eduardo Coutinho dizer em um vídeo do YouTube, eu estou escrevendo? Estou interpretando?

Para Coutinho, em suas próprias palavras, "as interpretações são sempre selvagens". A palavra "interpretação", aí, a princípio tem sentido diferente da interpretação da atriz Fernanda Torres. Mas pode ser que as definições estejam mais próximas do que parece. A interpretação da afirmação de Coutinho significa o modo como traduzimos em nossos termos — na nossa cosmologia pessoal — o que ouvimos, lemos ou assistimos. Em outras palavras, é como nos relacionamos com aquilo que vem do outro, e de que modo é possível fazermos o que é do outro passar a ser nosso. Não é isso que, de alguma maneira, Fernanda Torres faz em sua performance?

Coutinho diz que as interpretações são selvagens, no sentido de não termos controle sobre elas. Quando a sua conversa com alguém é filmada, não se pode prever a maneira como o público do filme reagirá à cena. É possível que riam de modo (inconscientemente) cruel do constrangimento alheio; é possível que vejam o ridículo em uma personagem que, para o diretor, expressava a mais alta dignidade.

As interpretações são selvagens porque as possibilidades de tradução de cada relação de alteridade são inesgotáveis.

Para que Fernanda Torres interprete (traduza) a experiência de outra mulher, é preciso que ela se deixe invadir pelo que não é dela; ou, então, que ela "se apodere de uma região selvagem de si mesma", na expressão do filósofo Merleau-Ponty.

Eu me lembro do choque que tive quando, em uma aula de História da Filosofia Antiga, me dei conta da precariedade com que os textos antigos chegavam até nós. A professora falava de um termo grego qualquer, que poderia significar coisas tão diferentes que a escolha por uma ou outra acepção mudaria todo o sentido de um texto. A isso se somava o grau de integridade com que os textos nos chegam: incompletos, fragmentados, copiados e recopiados — sabe-se lá com que precisão — diversas vezes e em diferentes épocas. "Para que se dar ao trabalho?", lembro de ter me perguntado, sem coragem para compartilhar a pergunta com a professora e os colegas. Para que estudar Heráclito ou Parmênides se nunca teremos a certeza do que eles queriam dizer com aquilo que escreveram? Aos poucos, com o passar do semestre letivo, fui percebendo nos sorrisos e entusiasmo da professora, que o prazer residia precisamente nisso: na precariedade, nas impurezas.

George Steiner: "Qualquer modelo de comunicação é, simultaneamente, um modelo de tradução [...] Não há duas épocas históricas, duas classes sociais, duas localidades que usem as palavras e a sintaxe para expressar as mesmas coisas, para enviar sinais idênticos de valoração e inferência. Nem dois seres humanos. Cada uma das pessoas se serve, deliberadamente ou por costume espontâneo, de duas fontes do suprimento linguístico: a língua corrente que corresponde a seu grau de letramento e um tesouro privado. Este é inextricavelmente uma parte de seu subconsciente, de suas memórias, desde que elas possam ser verbalizadas, e do conjunto singular, específico, irredutível de sua identidade psicológica e somática."

Para George Steiner, a mesma precariedade e as mesmas impurezas que decorrem de traduções do grego antigo estão presentes em qualquer tentativa de comunicação. Toda conversa requer um processo de tradução, que, por sua vez, é sempre um processo de *interpretação*.

Em *Jogo de cena*, há atrizes interpretando outras mulheres. Mas há também mulheres interpretando a si mesmas. Também elas estão traduzindo? É possível traduzir-se a si mesmo?

Ferreira Gullar:

Uma parte de mim
é só vertigem:
outra parte,
linguagem.

Traduzir uma parte
na outra parte
— que é uma questão
de vida ou morte —
será arte?

Quando nos damos conta de que *Jogo de cena* mistura atrizes profissionais a mulheres "elas mesmas", a maior revelação não diz respeito à performance das atrizes, mas ao fato de que, mesmo as mulheres que não são atrizes, estão se expressando por meio de uma performance. A riqueza do filme não está na descoberta de uma mentira ("Ah! Então

Coutinho estava me enganando!"), mas na possibilidade de uma verdade maior: a de que não há caminho entre a experiência passada e o relato dessa experiência que não passe por uma performance.

Há uma cena de outro filme de Coutinho — *As canções* —, em que um homem canta uma canção chamada *Esmeralda*. A cena é cortada, e o homem explica o motivo de ter escolhido aquela música para cantar: "A minha mãe fazia vestido de noiva [...] E essa música, ela cantava quando começava a cortar os... os mol...". A frase não se completa. De um instante para o outro, sem qualquer mudança de expressão que anuncie o choro, o homem desaba. Ao lembrar — e interpretar — uma canção que faz parte de sua memória afetiva, há uma "irrupção", para usar uma expressão de João Moreira Salles, do passado no presente. E o que impressiona na cena é que essa irrupção parece acontecer à revelia da consciência do homem: ele não esperava chorar, e, de repente, é dominado pelo choro.

A canção cantada pelo homem, ao contrário de outras ao longo do filme, não remete a uma lembrança trágica, e aparentemente nem mesmo triste — é, antes, uma lembrança boa de sua mãe, que, como ele mesmo diz em sua fala, estava viva no momento da filmagem. No entanto, quando vemos a cena, não há nada que seja tão verdadeiro — tão *autêntico* — quanto esse choro. Talvez porque seja uma reação quase que instintiva. Assim como alguém que, por reflexo, se desvia de uma bola vinda em sua direção sem que isso passe por uma escolha consciente, o choro é uma resposta física, corporal, à lembrança evocada pela canção.

A canção, como forma, pode ser definida como a sobreposição de letra e melodia. O modo como as palavras da letra se colam à melodia é uma questão de interpretação, de performance.

A performance presente do homem de alguma forma incorpora a performance passada da mãe. (Ele interpreta a mãe?) A canção, sua melodia e suas palavras, são meios para que a memória se expresse.

A memória faz parte do corpo? O que significa compartilhar uma memória de outra pessoa? Como *alcançar* a memória de outra pessoa?

Beatriz Sarlo: "Não há testemunho sem experiência, mas tampouco há experiência sem narração: a linguagem liberta o aspecto mudo da experiência, redime-a de seu imediatismo ou de seu esquecimento e a transforma no comunicável, isto é, no comum."

O "comum" pode assumir muitas formas. "Ser mulher", por exemplo, ou "ser peão", servem de terreno comum para tipos possíveis de comunicação. Coutinho se interessa pelas possibilidades desses terrenos, mas também pelas possibilidades do que está fora deles. Qual é o comum que existe entre ele e uma mulher? Entre ele e um peão? Onde começa e onde termina o chão que envolve esses chãos?

Há uma cena de outro filme de Coutinho — *O fim e o princípio* —, em que um homem fala sobre o mito bíblico da Torre de Babel: "Quando Jesus fez o mundo", ele diz, "empregou uma palavra só. Por exemplo, uma janela [dá um tapa na própria janela] era o nome janela mesmo. Não era "janela", "meia porta", ou outra coisa. [...] Só empregava-se uma palavra só. Pois bem. Veio um "planício" do Oriente para os homens fazer uma alta torre, para poder confundir todas as palavras para a humanidade. E assim fizeram a alta torre na cidade de Babé, e assim confundiram todas as palavras, todos os idiomas, todos os dicionários... Assim diz a história. Se for mentira é de quem escreveu."

Em poucos segundos, esse homem — um homem pobre do interior da Paraíba — desenvolve algo que o próprio Coutinho comparou depois à ideia da "língua adâmica", conforme descrita por Walter Benjamin. O que ele está dizendo é que já houve uma época em que coisa e palavra não se diferenciavam: o nome da coisa era a coisa e cada coisa era seu nome. A cena põe em jogo a dupla face da linguagem: por um lado, o assunto é a impotência da palavra (a diferença insuperável entre palavra e coisa, e o caos de sentidos que se impõe a qualquer tentativa de comunicação); por outro, a forma como o assunto é tratado — o lugar de onde ele surge — tem uma força estranha, quase mágica, que possibilita que algo surpreendente seja transmitido. E essa força vem, talvez, da performance do homem (e da capacidade que Coutinho tem de provocá-la): o seu olhar, o tapa na janela, as pausas, o abraço no invisível; as entonações, os gestos, as ênfases...

Eduardo Coutinho: "[O desencontro entre palavra e coisa] enlouquece [...], está no cotidiano, gera briga na feira, assassinatos, grande poesia... [Tudo isso] porque a palavra não é a coisa, pô!"

Quando vemos Fernanda Torres interpretando outra mulher, é difícil saber o que é a linguagem. Porque, assim como na canção, não só as palavras, mas também as ênfases, as entonações e os gestos fazem parte da interpretação. Como separar uma pessoa do que ela diz?

O que sobra da linguagem quando ela é separada da fala, do corpo? Existe erótica na palavra escrita?

João Cabral de Melo Neto:

A atmosfera que te envolve
atinge tais atmosferas
que transforma muitas coisas
que te concernem, ou cercam.

E, como as coisas, palavras
impossíveis de poema:

exemplo a palavra ouro,
e até este poema, seda.

É certo que tua pessoa
não faz dormir, mas desperta;
nem é sedante, palavra
derivada da de seda.

E é certo que a superfície
de tua pessoa externa,
de tua pele e de tudo
isso que em ti se tateia,

nada tem da superfície
luxuosa, falsa, acadêmica,
de uma superfície quando
se diz que ela é "como seda".

Mas em ti, em algum ponto,
talvez fora de ti mesma,
talvez mesmo no ambiente
que retesas quando chegas,

há algo de muscular,
de animal, carnal, pantera,
de felino, da substância
felina, ou sua maneira,

de animal, de animalmente,
de cru, de cruel, de crueza,
que sob a palavra gasta
persiste na coisa seda.

Assim como a cena de *O fim e o princípio*, no poema *A palavra seda*, João Cabral trata, simultaneamente, da impotência da palavra e de seu poder revelador. O uso da palavra "seda" como que a mata; faz com que a força dela como metáfora fique reduzida a um lugar comum: "falsa, acadêmica". Mas ainda assim há algo que "sob a palavra gasta / persiste na coisa seda". Há algo na superfície da linguagem — mas paradoxalmente abaixo, ou por trás, de seu uso comum — que nos coloca em contato com o mundo das coisas, um mundo anterior às palavras. João Cabral parece apostar na erótica da palavra, mesmo quando escrita.

Quando, da mesa da minha casa, leio, copio do livro e teclo, letra por letra, o poema *A palavra seda*, eu estou escrevendo? Estou interpretando?

No dia 2 de fevereiro de 2019, no aeroporto de Santiago do Chile, eu escrevi no meu caderno: "Ideia para mestrado: Tchekov e Spinoza na obra de Eduardo Coutinho. Aceitar o mundo 'pelo que ele é' e tudo que isso implica. Interesse pelo que existe, pelo simples fato de existir. 'Concordar com o mundo'. Consequências políticas e estilísticas."

Leio agora essa entrada de diário e tento entender o que se passava pela cabeça de quem a escreveu. A ideia de escrever algo sobre o cinema de Eduardo Coutinho já me atraía, e, por um tempo, tentei me convencer de que a maneira de fazer isso seria me dedicar a uma pesquisa acadêmica.

Lembro de ter lido, em Santiago, um texto do crítico e cineasta Eduardo Escorel sobre Coutinho. O motivo da publicação do artigo era o quinto aniversário da morte de Coutinho, e era com esse texto que eu estava na cabeça enquanto esperava meu voo de volta para São Paulo. Acho agora o texto na internet e, nele, a parte que diz: "O interesse [no cinema de Coutinho] está no 'que existe, pelo simples fato de existir'. Daí a afinidade que Coutinho sentiu com Spinoza, via Bourdieu — 'assentir com o mundo, concordar com o mundo [...] com os fatos naturais'; e também com Tchekov —, aceitar as coisas pelo que elas são, sem fazer julgamentos, observando apenas." Eu tinha praticamente reproduzido as palavras de Escorel no meu caderno (eu estava interpretando?) e achei que desenvolver as ideias contidas ali poderiam render uma dissertação de mestrado.

Quando li o texto de Escorel na tela de meu celular em Santiago, eu talvez não tenha dado tanta atenção ao modo como ele chama as conversas de Coutinho com seus personagens: *encontros amorosos*.

Há uma cena do filme *Noite de estreia*, do estadunidense John Cassavetes, em que a protagonista interpretada por Gena Rowlands diz algo como: "Parece que perdi a realidade da... realidade." O filme é supostamente uma ficção. A personagem, Myrtle, é uma atriz que entra em crise quando tem que interpretar uma mulher de meia-idade em uma peça de teatro. Ao longo do filme, ela se torna cada vez mais à ideia de interpretar outra pessoa. Para o desespero dos outros atores e do diretor, ela passa a ignorar completamente as falas que sua personagem deveria dizer. No final do filme, na noite de estreia do título, Myrtle chega atrasada e bêbada para o espetáculo; passa mais da metade da peça ancorando-se em outros atores ou no cenário: parece estar sonâmbula. Apenas quando Myrtle contracena com Maurice (interpretado pelo próprio Cassavetes, e ex de Myrtle no filme) é que algo se acende nela. Os dois abandonam completamente o texto e o "profissionalismo". Dançam, fazem palhaçadas e dizem coisas como: "Eu não sou eu! Tem um outro se passando por mim aqui!"

A cena foi feita em um teatro de verdade, e os improvisos eram de fato improvisos. A plateia era composta por pessoas que compraram o ingresso para ver uma peça; ninguém estava controlando suas reações.

Acho agora uma pequena resenha do filme, em que o crítico Dennis Lim diz que o que acontece entre Rowlands e Cassavetes (ou entre Myrtle e Maurice) é "uma interação para além de palavras e gestos, baseado na invenção de uma linguagem compartilhada, tão hiperbólica e específica — e quase inexplicável —, que vale por uma forma de amor."

A fórmula pessoana — "eu sou muitos" — é equivalente a "eu não sou eu"? A invenção de uma linguagem compartilhada, é também a invenção de quem se é — sempre em direção ao outro? É isso uma performance?

Eduardo Coutinho: "Eu não tenho o menor interesse de voltar ao lugar onde filmei, como não se deve voltar ao lugar do crime, pelo seguinte: o concentrado do filme é sempre superior. Porque o real é rotina. Esse condensado, que são os cinco ou sete minutos que a pessoa teve [na filmagem], pra mim, é a pessoa. [...] Por isso que é ficção – ou quase ficção... Porque não é a pessoa no dia a dia."

O que Coutinho parece estar dizendo é que fazer o cinema que ele faz — ou, por extensão, qualquer cinema — depende de um certo método. Coutinho, de um modo geral, não interagia com suas personagens, nem antes nem depois da filmagem: o "condensado" dos minutos em que a personagem se inventa na frente da câmera é o que importa. É ficção, porque inventado, mas é verdade porque nos faz perceber que não há experiência sem invenção. A filmagem, então, nesse método-Coutinho, deve se dar nas condições necessárias para que uma linguagem compartilhada possa ser inventada; para que o encontro com o outro possa ser um encontro amoroso.

Quando falamos de uma "região selvagem de si" pode ser que estejamos falando sobre a fuga da linguagem necessária para a invenção de uma linguagem compartilhada. Acessar uma região selvagem de si significa, talvez, despir-se do que, através da linguagem, nos define a nós mesmos. Um nome próprio, por exemplo, ou uma ocupação.

Pierre Bourdieu: "O nome próprio é o atestado visível da identidade de seu portador através dos tempos e dos espaços sociais, o fundamento da unidade de suas manifestações sucessivas em registros oficiais, curriculum vitae, cursus honorum, registro judiciário, necrológio ou biografia, que constituem a vida como uma totalidade finita por meio do veredito dado sobre um balanço provisório ou definitivo."

O que desaparece quando alguém morre? O que fica além de seus registros oficiais, de sua biografia, de seu necrológio? O que se vai com o corpo?

Eu não me lembro do que fiz no dia 2 de fevereiro de 2014. Nesse dia, meu irmão mais novo comemoraria seu aniversário de 12 anos e o ator estadunidense Philip Seymour Hoffman, aos 46, seria encontrado morto por overdose na banheira de seu apartamento em Nova York. Eu morava no Rio de Janeiro, e, a não mais que sete quilômetros da minha casa, Eduardo Coutinho seria esfaqueado por seu filho enquanto dormia, aos 80 anos.

Ao confessar o assassinato, Daniel Coutinho descreveu o que poderia ser enquadrado como um surto psicótico: "A pessoa que entrou no quarto dos meus pais achava que era Satanás. [...] Era uma obsessão espiritual, fui induzido a matar meus pais e depois a me matar. Eu tentei me matar, mas aí não aconteceu nada. Me senti enganado pelos espíritos. Foi quando eu fui procurar ajuda para tentar salvar meus pais."

Ele não era ele? Ele era outro? Como separá-lo do que ele diz?

É tentadora a possibilidade de relacionar o assassinato de Coutinho por seu filho com todas as questões de alteridade que seus filmes suscitam. Mas talvez seja o caso de reconhecer a opacidade da linguagem.

No meio do tempo

1

Quando ela sai para dar um *croquette* aos cachorros, eu fico olhando as fotos expostas em cima do armário. Duas crianças de cabelo curto, um casal de muito tempo atrás, uma jovem de maiô em uma praia europeia. Mas o que me chama atenção é aquele retrato em preto e branco mais à direita. Primeiro, os olhos arregalados, prestes a saltar das órbitas, encarando qualquer vazio à esquerda de quem tirava a foto. Depois, o cabelo penteado cuidadosamente para trás, o terno e a gravata, o ar severo, que logo associo a uma personalidade militar — e fico sem saber se deduzi isso só pela foto ou se isso tem a ver com algo que ela teria comentado em uma de nossas conversas.

Ela volta e, ainda de pé, tenta retomar o fio da discussão, enquanto eu bebo a água que resta no copo. Demoro para responder, deixo ela falar, me dá um pouco de preguiça. *Un PEU,* ela corrige enfaticamente minha pronúncia, mostrando como se faz o biquinho. Eu repito e me esforço para construir a frase. Quero falar que a proibição do casamento homossexual é cruel, que qualquer forma de amor deveria ser respeitada, que a instituição da família, como todas as outras, é mutável. Ela quer que eu entenda que a família é tudo. Que todos os seus valores — e esses ninguém tiraria dela — foram herdados de seus pais, e que eu, por causa dos meus pais, sou como sou, *cultivé*. Ela quer que eu entenda quando diz que nunca deixaria seu marido em um lar para idosos, depois de 52 anos de casados. Eu olho de esguelha para o retrato.

No começo, meu francês precário não permitia que eu concluísse qualquer coisa, mas sempre tive a impressão de que, quando se referia ao marido, os verbos que ela usava eram no presente. Mas sempre para contar de coisas passadas. Quer dizer, qualquer adjetivo que o qualificasse era antecedido pelo presente *est* — em oposição ao passado *était* —, mas o contexto da qualificação estava sempre em alguma lembrança de muitos anos. Exemplo: quando moravam na Itália e ela ia à praia sem avisar, o marido *ficava* furioso; ele *é* bravo. Ela não usa aliança. À medida que entendi melhor o que ela dizia, me foi sendo confirmada a estranha combinação de passado e presente. Afinal, ele está ou não está morto? Eu guardava a pergunta para mim. Ela parecia consciente do mistério que alimentava.

E agora ela ronda o assunto como quem quer, de uma vez por todas, aplacar o bicho com uma paulada só, certeira e final. E me fala da importância da família, dos 52 anos de casada. E quando eu sei que está por vir uma verdade, ela ainda disfarça e me pergunta, retoricamente, sobre quantos dos pais de amigos meus se divorciaram e se eu não concordo que hoje em dia é uma raridade que os casais fiquem juntos por tanto tempo. Faço que sim com a cabeça e fito seus olhos em silêncio.

E é só aí que ela me conta que o marido sofre de Alzheimer. E ela nunca o largaria em uma casa de repouso com gente desconhecida. Mesmo com todos os pesares. Seus olhos estão marejados, mas não há nenhum indício de fragilidade; antes algum orgulho. Alguma coisa no olhar me lembra minha avó. A firmeza, talvez, e o castanho-claro, quase amarelo, quase verde. E penso em meu avô, que envelheceu rapidamente e que um dia começou a fazer perguntas alucinadas no meio do jantar de família (Quem vai fechar a porta do avião? Como assim ele está entrando no mar agora?) e a errar a mira quando levava o garfo até a boca. No hospital, recuperou a lucidez enquanto o médico ia fazendo-lhe perguntas — a ponto de parecer que os loucos ali eram os filhos que o levaram até o pronto-socorro no meio da noite de um domingo. E lembro de me contarem como, mais tarde, fazendo exames, ele se perdeu de novo nas alucinações, falando algo de um piloto ou de um navio, mas só para, dentro de instantes, olhar em volta e perguntar aos filhos: Isso é coisa da minha cabeça, não é?

2

Em um trecho de seu filme-ensaio *Sans soleil*, Chris Marker fala sobre o filme *Vertigo* (*Um corpo que cai)*, de Alfred Hitchcock. Marker — ou seu personagem, um fotógrafo que manda cartas do futuro— busca a chave para compreender o filme de Hitchcock a partir de uma noção peculiar de tempo. Para ele, esse é o único filme que foi capaz de lidar com *a memória impossível, a memória louca*.

Já nos créditos de *Vertigo*, observa o fotógrafo de Marker, imagens de espirais cada vez menores e de cores variadas são sobrepostas à foto estática de um olho. O que são essas espirais? O movimento circular de nossa experiência? A nossa busca cíclica e desesperada pelo que passou? E por que o olho? Seria o olho uma espécie de buraco negro da memória? Lembro do olhar opaco de Madeleine no filme, talvez tão opaco quanto o olhar de meu avô enquanto errava o caminho do garfo à boca.

Para o seu filme, Chris Marker filmou cada uma das locações do filme de Hitchcock: uma loja de flores, um cemitério, um hotel, as ladeiras de São Francisco. Enquanto esses lugares vão sendo mostrados, a voz em *off* da narração diz: [A trama, no filme de Hitchcock,] pode parecer uma questão de perseguição, de enigma, de assassinato. Mas, na verdade, é sobre poder e liberdade, melancolia e deslumbramento, tão bem codificada na espiral, que é possível que passe despercebida, sem que se atente ao fato de que a vertigem no espaço significa, na realidade, vertigem no tempo.

Em uma das cenas mais importantes de *Vertigo*, Madeleine e Scottie estão no Muir Woods, parque nos arredores de São Francisco onde há algumas das maiores e mais antigas sequoias do mundo. Em um tronco cortado em forma de painel, os círculos concêntricos mostram vários marcos da história da humanidade ao longo dos séculos vividos pela árvore. A árvore teve quase um milênio de vida. Madeleine aponta para a borda do tronco-painel e diz: Aqui nasci, e quase sem mexer o dedo completa, e aqui morri.

3

Desde a primeira vez que o vi, sua presença se tornou uma espécie de aparição fantasmagórica para mim. A começar pela severidade do olhar — aquela mesma do retrato em preto e branco. Ele grunhia enquanto me olhava e eu permanecia sem reação, enquanto ela andava pacientemente até ele, pegava-o pelo braço e o levava até a cozinha, falando com ele como se fala a uma criança: Vamos tomar um cafezinho? Vamos? Alguma coisa em sua figura me despertava medo. Era como se eu estivesse em contato com uma criatura de outro mundo. Qual seria a diferença disso para uma aparição? Um homem preso num limbo entre a vida e a morte, onde já não existe memória, talvez nem mesmo afeto, mas os hábitos, como o cafezinho e aquele puxão de meia que ele dava sempre que se sentava no sofá, resistem.

O mais próximo que eu já tinha tido de um contato com fantasmas foi em sonhos. Um amigo que se matou aos 18 anos aparecia em algum lugar familiar. Nossa turma estava reunida e todos se alegravam com a sua volta. Estabelecia-se um clima de festa. Em dado momento, eu ficava sozinho com ele, tentando entender por que ele teria que ir embora novamente, mas ele não respondia — e eu sentia uma tristeza enorme. Algumas vezes, eu sentia vontade de abraçá-lo, mas por alguma força invisível, não podia. E então eu acordava.

São dois tipos de fantasma. Um, impossibilitado de habitar o mundo material, infiltrava meus sonhos, consciente de que seria tudo efêmero e que não estava ali, como se diz, *de corpo e alma*. O toque não era possível; não havia corpo. O outro, quase só corpo — e nesse sentido talvez mais zumbi do que fantasma —, tinha lampejos de presença mental que serviam apenas para realçar o estado vegetal que prevalecia. O olhar focado em algum ponto do infinito poderia parecer triste para quem o via, mas é provável que fosse apenas vazio.

4

Revejo o trecho do filme de Chris Marker em que ele fala sobre Hitchcock, e a voz feminina da narração está em francês. Já não confundo os tempos verbais, embora eles sejam tão ambíguos quanto os que minha professora usava para se referir ao marido.

Para Scottie, a personagem de Hitchcock — diz a narradora do filme de Marker —, o único jeito de viver com a própria memória foi falsificá-la, inventando uma vida dupla em outra dimensão do tempo, uma zona que pertenceria somente a ele. Não é exatamente a perda da memória, mas a sua negação. A sua loucura também não é o descolamento da realidade, mas uma obsessão tão intensa com o passado que não há mais como viver fora de sua repetição, ainda que falsificada, em uma espiral infinita.

5

Lendo sobre o Alzheimer descubro que, segundo alguns especialistas, os últimos estágios da doença espelham os primeiros estágios do desenvolvimento de uma criança. As primeiras coisas que uma criança aprende — levantar a cabeça (entre 1 e 3 meses), sorrir (2 a 4 meses), sentar-se sem ajuda (6 a 10 meses) — equivalem às habilidades que alguém que sofre de Alzheimer perde por último. Isso justifica, de certa forma, o fato de a minha professora se referir à mentalidade do marido como à de uma criança de 2 anos.

Em seu ensaio sobre o Alzheimer do pai, o escritor estadunidense Jonathan Franzen cita estudiosos da doença que enxergam nesse fato o potencial benefício da *volta à infância*. Com o esquecimento de cada instante, os pacientes poderiam viver o agora, livres de preconceitos e enxergando novidade em tudo — como uma criança. Penso, no entanto, que há uma diferença fundamental: enquanto os aprendizados de uma criança vão somando-se para produzir aquilo que chamamos de uma pessoa, os esquecimentos de um idoso vão apagando, pouco a pouco, o seu contato com o mundo. Enquanto uma pessoa se forma dentro da criança, uma pessoa se perde dentro do idoso. A diferença entre ponto de partida e ponto de chegada importa: uma criança é um papel em branco começando a ser preenchido; um paciente de Alzheimer é um desenho complexo voltando ao estado de papel em branco.

Mas então penso no que escreve a escritora mexicana Valeria Luiselli: são os recém-nascidos, diz ela, os únicos que conseguem realmente enxergar o mundo, com seu cérebro liso, livre de rugas, absorvendo toda complexidade e mistério da realidade. E então aprendem a nomear cada coisa — e aos poucos, toda a complexidade vai se delimitando pela linguagem, e vão se formando fendas na massa cinzenta.

6

Ela me diz que se eu der bom-dia, ele vai me responder, e então eu me dirijo até o sofá em que ele está sentado, olhando para o infinito e murmurando coisas incompreensíveis, e estendo a minha mão, dizendo bom-dia em francês. Ele me olha nos olhos e aperta com firmeza a minha mão. Depois de uma rápida pausa nos murmúrios, que tinham sido interrompidos pela minha chegada, ele passa a dizer coisas em francês ou italiano, coisas que não entendo, e em seu olhar há algum desespero, como se ele me implorasse para que eu não o deixasse — ou que não deixasse que ele fosse levado para algum lugar. Fico atônito. Está na hora do cafezinho, não, Aldo? Minha professora o pega pelo braço e, dentro de instantes, ele parece ter se esquecido de mim.

Ela volta — o marido ficou a cargo da empregada — e começa de novo a me falar sobre como é difícil para ela aceitar que ele vá para um lar de idosos. Seus olhos estão marejados e diz, É isso o que o médico me recomenda. Você sabe, tenho um amigo médico na Doutor Arnaldo, e ele me diz que tenho que levá-lo a um desses lugares, que eu não posso desperdiçar a vida que ainda tenho. Eu sou velha, mas estou bem, eu poderia viajar. Mas não consigo mandá-lo embora, é muito difícil para mim. Olho para ela e sinto pena. Todos os problemas que me afligiam quando cheguei ao apartamento para a aula já me parecem totalmente insignificantes diante de seu sofrimento.

7

As alucinações de meu avô naquela noite de domingo foram provavelmente causadas por pequenos curtos-circuitos no cérebro, que, embora tenham deixado sequelas em sua mente já fragilizada, não voltaram — não que eu saiba pelo menos — a acontecer. As dificuldades do meu avô vieram como consequência de seu glaucoma, assim como de outros efeitos colaterais da autoaplicação de cortisona. Uma operação no olho para reduzir a miopia agravou o problema e, desde então, sua visão não parou de piorar. Orgulhoso, ele sempre fez de tudo para disfarçar. Em dado momento, no entanto, ficou óbvio para todos que ele não enxergava.

Embora nunca tenha ouvido uma explicação médica para isso, não consigo deixar de pensar em seu garfo errando a boca como uma manifestação da mente, já não ancorada pela visão, perdendo o senso da realidade. No hospital, médico que era, reconheceu o ambiente e os ritos e retomou a rédea da cognição, só para largá-la em seguida, quando as formalidades já tinham sido todas cumpridas. Como o marido de minha professora, meu avô manteve certos hábitos — neste caso, mais complexos do que um aperto de mão e um esticar de meias, mas ainda assim, hábitos.

E não seriam os hábitos, de alguma forma, a invenção de uma dimensão paralela — estática, imutável — do tempo? Não seríamos todos um pouco como o Scottie de Hitchcock? O que é a memória senão uma zona fictícia que pertence a cada um de nós e a mais ninguém?

8

Lembro do cachorro cego latindo para chamar atenção. Lembro da interrupção na conversa, ela, bufando, indo dar um biscoito ao cachorro. Lembro do copo de água que ela me trazia, quando eu chegava suado da rua. Lembro de sua risada alta quando eu dizia qualquer coisa voluntária ou involuntariamente engraçada, assim como de seu sorriso quando eu dizia qualquer bobagem como o dia está bonito, e ela dizia que eu era um poeta.

> Qualquer forma de amor, eu dizia.
> A família é tudo, ela retrucava
> Lembro de encontrar o marido com Alzheimer e sair de lá sem chão.

9

Não sei se essas coisas ainda existem. O marido, se vivo, está provavelmente em um lar de idosos. Talvez agora minha professora possa viajar para ver as filhas. Talvez não more mais no mesmo apartamento. Nesse caso, terá com certeza levado os retratos e, entre eles, aquele em preto e branco, do homem com olhos arregalados e cabelo minuciosamente penteado para trás. Ele apoiava o fascismo italiano, lembro de ouvi-la dizer. O verbo, aqui, era no passado e não condizia com aquele ser balbuciante que às vezes nos fazia interromper a aula.

Fico pensando no marido encarando o próprio retrato. Imagino a minha professora alcançando o retrato na estante e levando-o até ele, que ajeitava as próprias meias sentado no sofá. O que aquela imagem lhe diria? Será que ele a atravessaria com os mesmos olhos vazios com que me atravessava? Será que ele esboçaria um sorriso?

A primeira imagem do filme de Chris Marker mostra três crianças loiras na Islândia, caminhando de mãos dadas diante de um campo verde, sorrindo e olhando para a câmera. Referindo-se às cartas da personagem-fotógrafo, a narradora afirma: Ele disse que, para ele, essa era a imagem da felicidade e que ele tinha, muitas vezes, tentado ligá-la a outras imagens. Mas nunca funcionou. Ele me escreveu: um dia terei que colocá-la sozinha no começo de um filme, seguida de uma longa sequência de tela preta. Se não virem felicidade na imagem, pelo menos verão o preto.

2

DOIS RETRATOS

Correspondência

Estou fumando à janela e pensando que às vezes a gente esquece que dá para ter tesão pela vida. Está difícil, eu sei, ter tesão por qualquer coisa. Ainda mais quando meu olhar está ofuscado pela luz de led do laboratório ao lado. Vi alguém no prédio em frente fechando uma persiana. E vi as luzinhas — que, reparamos juntos quando você estava aqui comigo, não existiam e agora existem — se acendendo lá embaixo no terraço de um prédio. São tantos níveis de altura em Perdizes. É difícil saber se o lugar em que estamos é alto ou baixo: alto em relação a quê? Baixo em relação a quê? Estou no seu apartamento, quer dizer, no nosso apartamento, e é diferente estar aqui sozinho. Estou fumando à janela, olhando para a rua — os prédios e casas em diferentes níveis — e me sentindo como em um quadro de Edward Hopper. Não necessariamente nesse que reproduzi aqui, mas em qualquer um desses quadros em que alguém está sozinho, triste, no meio de uma cidade cheia de gente. Mas estou pensando que a vida é boa. A vida pode ser uma merda, eu sei, mas é boa, porque tem você, tem essas luzinhas, e tem o Edward Hopper. Lembro que, no ano passado, aquele quadro do Hopper, o mais famoso, do bar com pessoas solitárias, foi matéria-prima de memes sobre a quarentena. Lembro também que, muito antes disso, um amigo que foi morar em Berlim mudou a foto dele do Facebook para uma reprodução desse quadro em que uma das figuras no bar foi substituída, numa montagem, por uma pessoa com a camisa da seleção brasileira. Li em algum lugar que Hopper, respondendo a jornalistas que queriam saber do que se tratava seu trabalho, disse: *"Estou em busca de mim"*. Então, todas essas pessoas sozinhas em casas, bares e postos de gasolina, todas essas pessoas que, mesmo em grupo, estão sozinhas, todos esses jogos de luz e sombra, são diferentes versões de um autorretrato? Acho que sim, pode ser. De qualquer forma, essas pessoas estão lá e tem sempre alguma luz, e talvez o pensamento de que a vida é boa seja a última coisa que passaria pela cabeça delas. Alguém me vendo agora, no reflexo autoritário dessa luz de led, provavelmente também não diria que estou pensando que a vida é boa e que dá para ter tesão por ela, mas é exatamente o que estou pensando enquanto fumo à janela. Na verdade, eu dificilmente estaria em um quadro de Edward Hopper. Não por estar pensando que a vida é boa, mas porque essa luz de led do laboratório ao lado acaba com qualquer possibilidade de um jogo delicado de luz e sombra do tipo que Hopper conseguia compor tão bem em seus quadros. Às vezes, durante o dia, tenho reparado na luz do sol entrando de um jeito bonito por essa mesma janela. Depende da hora, e depende do dia. Hoje, por exemplo, choveu no meio da tarde — você já tinha saído — e eu tive que fechar a janela. Acho que o barulho de chuva já tinha parado havia algum tempo quando me dei conta do mormaço no apartamento. Abri a janela e senti um bafo úmido entrando, junto com um cheiro gostoso de rua molhada. Fiquei um tempo olhando para fora: o céu estava quase todo azul, e raios de sol escapavam pelas nuvens que não tinham se dissolvido em chuva e vinham parar aqui dentro, no meu tronco e na parede branca. Talvez nesse instante eu tivesse mais motivo para me sentir em um quadro do Edward Hopper. Mas não me senti, assim como não pensei que a vida é boa. Tem um quadro do Hopper chamado *Pessoas ao sol*, que retrata cinco pessoas sentadas em um pátio (de hotel?) olhando uma paisagem de pasto e montanhas. De um lado, as montanhas — quietas, vazias, tediosas —; do outro, as pessoas, também quietas, vazias e tediosas. Não há conversa nem interação: é como se também as pessoas fossem um acidente geográfico. A julgar pela expressão dos rostos, elas poderiam tanto estar em uma tristeza profunda, quanto em um estado de nirvana, livres de qualquer desejo ou ilusão. Já eu, enquanto fumo à janela, estou pronto para abraçar todos os desejos e todas as ilusões. E, embora a consequência disso seja o pensamento de que a vida é boa, é um estado que, sem dúvida alguma, está mais próximo da tristeza profunda do que da salvação nirvânica. Penso em outro quadro, *Soir bleu*, em que Hopper pintou um palhaço tristíssimo sentado num café parisiense. Acho que eu cometeria um clichê se dissesse que não tem nada mais triste do que um palhaço triste. E eu talvez esteja me sentindo um pouco como a figura desse palhaço, só que ao contrário e do avesso. Quer dizer, minha fantasia de palhaço está sorrindo, e está dentro de mim, na forma do pensamento de que a vida é boa; a minha fantasia de fora, essa que fuma com o olhar ofuscado pela luz de led do laboratório ao lado, exprime uma figura apática, que, em algum momento, senti que poderia estar em um quadro do Edward Hopper, não fosse a luz de led. Outro dia, fotografei uns palhaços no parque da Água Branca. Acho que já te mostrei essa foto. O parque ainda estava aberto (esta semana voltou a fechar), mas o parque de diversão estava com os portões acorrentados, o que dava aos bonecos de palhaço um aspecto bizarro de cenário de filme de terror. Quando tirei a foto, as únicas pessoas por perto eram um casal que andava lentamente, e que talvez procurasse um canto do parque onde não houvesse ninguém para fiscalizar seu namoro.

3

Algumas galinhas ciscavam o chão e um gato cochilava no banco mais próximo. Quando o casal desapareceu por trás do trenzinho, eu fiquei só com os animais e os palhaços, e não saberia dizer se foi um momento sublime ou patético, mas foi com certeza uma cena estranha de se estar em uma cidade cheia de gente como São Paulo. E, sem saber se aquilo me alegrava, quis que durasse um pouco mais, até que passou uma pessoa correndo e, de máscara, me encarou por alguns segundos. Que eu saiba, *Soir bleu* é um dos dois únicos quadros em que Edward Hopper retratou palhaços. O outro se chama *Dois comediantes*, e mostra um homem e uma mulher vestidos de Pierrot e Pierrette, em cima de um palco. Esse quadro, o último que Hopper terminou antes de morrer, é de fato um autorretrato: o homem é ele próprio e a mulher é Josephine Nivison, artista com quem ele foi casado e que teve influência decisiva para o amadurecimento de seu estilo. No quadro, os dois estão de mãos dadas e ligeiramente curvados em direção a uma plateia que não aparece. Hopper morreria dois anos depois; Nivison, três. É como se os dois estivessem se despedindo. Dizem que a vivacidade de Josephine Nivison compensava a personalidade sombria de Edward Hopper. Ela própria disse uma vez que falar com ele era como atirar uma pedra em um poço e esperar, em vão, ouvi-la bater no fundo. E isso me faz pensar ter ouvido, agora há pouco, aquela pessoa que toca saxofone em um dos prédios vizinhos. Não dá para saber muito bem de que lado vem o som. Da última vez que ouvimos esse sax, você respondeu tocando na flauta as mesmas notas que a pessoa tocava, e ela respondeu de volta. Agora, sem você e sem flauta, não tem nenhuma resposta que eu possa dar, e imagino a pessoa tocando na janela, sozinha, sem resposta — e essa cena talvez pudesse parecer um quadro de Edward Hopper.

Ângulo

O sol ardia em Copacabana. Ainda era primavera, e essa época costumava ser mais fresca no Rio de Janeiro. Hoje, já não sei; parece que faz sol o ano todo ou às vezes, em pleno verão dá uma semana de frio, e depois volta a fazer sol. O clima ficou meio maluco. De todo modo, o Rio hoje é muito mais quente do que era. Não tanto quanto Brasília. Você não pode imaginar o que era aquilo durante a construção. Ainda hoje é uma espécie de deserto. Naquela época, então... Quando visitei o canteiro de obras — era uma coisa meio faraônica — fiz duas fotografias chamadas *Do nada para a capital* e *Da capital para o nada*. Na primeira, uma estrada de terra, na altura de visão de um carro, seguindo pelo meio do cerrado, e lá ao longe, os prédios em construção. Na segunda, a visão era de cima: no primeiro plano, os esqueletos do Congresso Nacional, o espaço que viria a ser a Praça dos Três Poderes, e o eixo monumental, com todos aqueles edifícios de ministérios sendo erguidos; e, lá ao longe, o cerrado. Esse monte de asfalto nas cidades também contribui para o calor.

São Paulo, por exemplo, há muito deixou de ser a terra da garoa. Antes, a chuvinha fina era quase constante, e a cidade era cheia de várzeas. Durante um certo período da minha infância, íamos nadar no rio Pinheiros depois de jogar bola, e aquilo era um pântano. Como era bom nadar no rio depois da pelada. Por essas e outras lembranças boas é que sempre me senti tão atraído pelos arredores do Estádio do Pacaembu — que, aliás, significa "terra alagada" em tupi-guarani: os moleques correndo para pegar um lugar ao sul do campo, porque lá não precisava comprar ingresso, e a visão do jogo era ótima. Depois que construíram o tobogã, isso deixou de existir. Foi também por essas boas lembranças de infância que, naquela manhã, eu me senti atraído pelo jogo dos moleques em Copacabana. Fazia muito sol para ser primavera, a praia estava cheia para um dia de semana, e, de quando em quando, um dos meninos corria até o mar e mergulhava do jeito mais espalhafatoso possível: uma bomba, uma cambalhota, uma barrigada. Naquela época, interessava-me bastante a ideia de "quadro dentro de um quadro". Foi naqueles tempos, por exemplo, que fiz *Fachada interior do edifício São Borja*, em que a construção, em forma de U, servia como uma espécie de moldura para o céu. Ou uma outra, mais ou menos da mesma época e também no Rio de Janeiro, que tirei de baixo para cima, usando as cadeiras de um café para enquadrar um homem que lia o jornal. Foi, então, com esse mesmo desejo de "quadro dentro de um quadro" que me deitei na areia atrás do gol e fiquei testando algumas imagens. Só depois de revelar o filme é que me dei conta de que, em uma das tentativas, tinha conseguido pegar o goleiro em uma posição de voo, junto com a bola entrando no gol. Lá no fundo, também enquadrado pelas traves, o Pão de Açúcar, cuja curvatura foi por um instante correspondida pela curvatura do tronco e do braço direito do menino. O braço esquerdo, descolado do corpo, parece emular uma asa e dá à figura do menino um quê de anjo. A bola está tão longe, tão inalcançável, que o salto parece um gesto gratuito, um exercício de beleza pura. Não me lembro bem, mas posso imaginar a cena seguinte: o goleiro cai no chão, derrotado, os garotos do time adversário comemoram o gol e, dando o jogo por encerrado, correm todos juntos em direção à água para dar o mergulho da vitória, enquanto os meninos do time perdedor permanecem no meio do campo, cabisbaixos. Mas essa cena talvez seja das peladas da minha infância, às margens do rio Pinheiros. Pensando bem, acho que em Copacabana eram só dois garotos: um chutando e um defendendo. Pode ser — é possível — que eu mesmo tenha ido até lá e orientado os meninos sobre onde um deles deveria chutar, e como o meu protagonista deveria saltar, não para pegar a bola, mas para contracenar com as curvas da paisagem. Mas a verdade é que não me lembro. E o que importa mesmo é o instante do clique, o voo de anjo do goleiro. Agora, vendo essa fotografia, reparo no grupo de pessoas atrás da trave esquerda, curtindo um dia de praia, e na figura solitária à direita, diluída na grandeza do mar. Ninguém parece ter notado o lindo salto do goleiro. Como naquele quadro de Bruegel em que ninguém repara na queda de Ícaro. Na vista do Pão de Açúcar, lá de cima, as pessoas se pareciam demais com a areia para fazer qualquer diferença.

3

UM DIÁRIO

12/5

Exposição retrospectiva de Anna Maria Maiolino, em São Paulo. Os desenhos: uma folha toda preenchida por linhas ortogonais, formando mais de mil quadrados, e dentro de alguns poucos deles, uma vírgula; outra folha com a mesma grade, mas com vírgulas ocupando todos os quadrados, menos um; depois, a mesma coisa, mas com aspas cada uma apontando para uma direção, o que cria uma sensação estranha de movimento. Gertrude Stein escreveu que um ponto de interrogação só poderia servir para marcar gado ou para efeito decorativo, de resto, todos sabem que uma pergunta é uma pergunta. O mesmo vale, diz Stein, para pontos de exclamação e aspas: são sinais feios e desnecessários. Mas aqui, nos desenhos de Maiolino, os sinais têm outra vida, livres (livres?) dos signos que normalmente são condenados a ordenar, puro (puro?) material plástico, usados quase que fortuitamente pela artista. Não sei se a literatura é capaz de uma radicalidade de linguagem assim. Ao mesmo tempo, é daí que me parece possível tirar a energia para uma literatura interessante. Seria preciso assumir certa renúncia. Ou: encontrar um jeito de reproduzir uma atitude de renúncia e fazer disso um método. Ou: não.

13/5

Ontem li em Barthes: em vez do ritmo chato da modernidade — trabalho/lazer —, o ritmo dos gregos antigos: ascese/festa. Pensar nisso, não como álibi para a preguiça, mas como método para uma improdutividade *ativa*, uma preguiça *disciplinada*, se é que isso existe. Ascese não é o mesmo que trabalho, mas também não é passividade — exige a disposição para o autocontrole e a concentração que aponta para a verdade das coisas. E a verdade das coisas não pode ter como resultado (nem como premissa) qualquer parâmetro de produtividade. Essa disciplina improdutiva então dá lugar a uma liberação, também improdutiva, do corpo: a festa. E assim como a ascese não é trabalho, a festa não é lazer. Uma coisa desenlaça a outra, uma coisa aponta sempre para a outra: ascese e festa desejando-se entre si indefinidamente.

14/5

Mas embora o corpo esteja no centro da festa, é também o corpo que lê o mundo, que participa dele: tudo é sensação. E então ascese — essa espécie de renúncia do corpo — talvez não seja ainda a palavra. Nem o trabalho — instrumentalização do corpo —, nem a ascese: revezar-se entre ler com o corpo todo e dançar com o corpo todo. Não a renúncia do corpo, mas a renúncia de toda escrita que não seja, ao mesmo tempo, leitura.

19/5

Escrever diariamente (ou quase) reforça a consciência da sucessão dos dias. Agora, quando vou escrever uma entrada aqui, já não preciso consultar o celular — ou o consulto só para confirmar, por uma insegurança incrustada, mas no fundo já sei: hoje é dia 19. Escrever todo dia também é uma forma de misturar a escrita e a experiência: viver a escrita como uma leitura entre as outras.

21/5

Passando alguns dias chuvosos sozinho em casa, vendo filmes, surgiu-me uma espécie de lema para um tipo (qual?) de ficção, o avesso do "baseado-em-fatos-reais": isto *não* aconteceu assim. É só a partir de uma delimitação como essa que uma narrativa ficcional poderia adquirir credibilidade: pois é justamente ao negar que determinados eventos tenham sucedido de uma determinada forma, que se torna possível que tenham sucedido de *qualquer* forma, inclusive a que é narrada.

22/5

Ouvi ontem a história de que Jean-Luc Godard, antes de começar a fazer filmes, tinha o desejo de publicar um romance.

Caetano Veloso, mesmo depois de já ser reconhecido como compositor e músico, continuou mencionando o desejo de ser cineasta (até que fez, de fato, um filme). Essa indecisão de começo (ou meio) de carreira poderia ser um mote para um mapeamento de uma espécie de artistas, Bartlebys da hesitação entre linguagens: preferiria não escolher.

23/5

Um plano: fazer um diário ficcional da viagem ao México.

25/5

Em um dos prólogos para *História universal da infâmia*, escrito vinte anos depois da publicação do livro, Borges define a obra como um conjunto de exercícios de um jovem escritor que era ainda tímido demais para escrever ficção. Padeço dessa mesma timidez. Mesmo admitindo a escrita ficcional como um horizonte aberto a partir do qual se pode construir realidades, ainda assim sempre acho que me falta alguma audácia, me sobra algum pudor, e não logro transformar isto aqui em laboratório ficcional. O que falta não é capacidade de imaginação, nem de falseamento de experiências reais, mas gozar da liberdade total de construção, sem nada que me paute a linha (essa, sim, uma invenção) entre o que é real e o que é ficção. Em outras palavras, precisaria deixar que a escrita engula *tudo o que puder* a tal ponto que nada possa ser *falso* ou *inventado*.

26/5

Não é que a realidade seja mais louca ou mais imprevisível do que a ficção. A realidade (o presente) é mais monótona: não há montagem na sucessão contínua dos acontecimentos, apenas na memória. A memória, sim, é que é passível de montagem e, por isso mesmo, matéria-prima para a literatura. Sem montagem, o presente é uma série de não acontecimentos sem sentido. Curioso que o *reality hunger* contemporâneo e a suposta *subida de patamar* da literatura de não ficção sejam consequência, em grande medida, não de uma estética da falta de sentido do presente, mas justamente de uma apropriação pelos escritores de não ficção dos recursos de montagem da tradição ficcional. O *reality hunger*, no fundo, é a fome de *dar sentido*.

27/5

Ideia de ficção: um conjunto de ensaios longos escritos por um crítico literário em diferentes momentos de sua vida. Os ensaios, cronológicos, vão se tornando gradualmente mais pessoais, até o último — quase confessional — que trará elementos para uma leitura completamente diferente dos demais. Como em um romance policial, as pistas deixadas no caminho passam a fazer sentido depois do desfecho. Esse sentido, porém, não seria nada pleno: o último ensaio multiplicaria as possibilidades de leitura dos anteriores, deixando sempre em suspenso a questão mais importante: ele está escrevendo sobre literatura ou sobre si?

29/5

Quando vemos um filme de época, é claro que é à *nossa* sensibilidade, e não à sensibilidade da época em que a história se passa, que ele quer apelar. Se o filme apresenta uma suposta *fidelidade* ao *espírito* de algum século passado, também isso quer apelar à sensibilidade de quem o assiste. O antídoto para o autoengano contido nessa estratégia pode ser ver tudo no filme como artefato de *nosso* tempo (o que de resto não é fazer mais do que ver o que nos está sendo mostrado). Essas roupas do século XVIII? São de hoje em dia. Essa fala empolada do ator? De hoje. Essa comida? De hoje. O texto? De hoje. Até mesmo os recursos mais radicais, como a iluminação à vela de Kubrick em *Barry Lyndon* — também isso é de hoje. Ver o filme assim não é desmascará-lo, mas emprestar dignidade a seus artifícios.

2/6

Uma escrita do presente: Clarice Lispector, em *Água viva*: *"É que agora sinto necessidade de palavras — e é novo para mim o que escrevo porque minha verdadeira palavra foi até hoje intocada. A palavra é a minha quarta dimensão."*

3/6

Uma imagem: alguém que, escrevendo no computador, se esquece de clicar na caixa de texto. Por algum tempo, sem perceber, tecla palavras que não se materializam — ou só se materializam no toque dos dedos, no som: a escrita sendo música. Mas música de quê?

6/6

A prosa de *Água viva* se projeta o tempo todo como derivação de outras linguagens: a pintura abstrata, o jazz com suas improvisações, a música de concerto com suas não palavras, seus não sentidos — os momentos curtos de narrativa sendo a *ária melódica e cantabile* que atenua o fluxo indefinido do *quarteto de cordas*. Essa prosa que busca a abstração, a incorreção e o improviso, mas que segue sendo *texto* — com as inevitáveis relações de sentido que qualquer conjunto de palavras sugere (e às quais ele está, no limite, preso) —, isso também se aproxima da arte da caligrafia japonesa: o *shodô*. Mais do que a abstração da música instrumental ou da pintura que não é figurativa, talvez essa prosa seja uma longa e única pincelada, que só desgarra do papel quando acaba, sem possibilidade de correções, e cujo signo resultante, embora tenha algum significado traduzível, de modo algum traduz o ato de sua criação. Este se dá no — e pelo — instante, exige concentração e, principalmente, renúncia: renúncia do raciocínio, da intenção, do esboço. E se essa escrita do instante for performativa, produto de um cálculo estético que reproduz a incorreção por meio de um estilo? Não deveria fazer diferença. Pois para quem a lê (e o texto deve *ser lido rapidamente como quando se olha*), essas frases estão se produzindo a cada instante — e é este instante o único que importa: o do encontro entre quem escreve e quem lê.

7/6

Um diário não é a escrita do instante. Mesmo que a prosa contida nele seja a prosa do fluxo improvisado (ou aparentemente improvisado) das palavras que se sucedem umas às outras — mesmo que não haja correção ou artifícios narrativos —, o que a caracteriza é a sucessão dos dias: o fluxo é sempre interrompido pela marcação — e, portanto, pela consciência — da passagem do tempo. Penso em García Madero, um dos narradores de *Detetives selvagens*, que lá pelas tantas se dá conta de que o que narra em cada entrada de seu diário é sempre algo que se passou no dia anterior. Esse *atraso* do diário em relação ao que é dito de certa forma escancara a montagem de sua escrita, que, assim como a escrita do romance, é a montagem do passado.

8/7

Considerar as coisas que nos sucedem como acidentes de um romance, aos quais assistimos não com a atenção, mas com a vida.

9/6

E o que resta quando as personagens e os espectadores esperam alguém — ou algo — que não chega? Quando não há futuro nem memória? Não será isso a negação da ficção? Não será isso a não ficção?

16/6

Água viva é um livro que pode ser aberto em qualquer ponto. Presa sempre ao instante, e sempre falhando em estar nele, a narradora não se vira para trás: não há nada a ser retomado, e o que a escrita tenta alcançar é o que se esboça em cada palavra nascida do próprio texto. O *Livro do desassossego* também pode ser aberto em qualquer ponto (eu sempre o li assim), mas por um motivo diferente. Ali, o que se busca não são os instantes que compõem a rotina modorrenta do guarda-livros, mas a imaginação em toda a sua potência — o sonhar acordado, o ser outro e ser múltiplo —, como contraponto à miséria da realidade: o sonho como realização de si mesmo, e não como impossibilidade factual. As duas escritas — a do instante e a da autobiografia sem fatos — encontram-se na renúncia à narrativa e ao sentido dado por ela. Os dois livros podem ser abertos em qualquer ponto porque não há nada a ser desenvolvido, não há memória nem futuro, há apenas o devaneio sem limites, em um caso, e da incorreção sem freios, no outro. E a verdade é a verdade sempre precária do *texto*.

17/6

Ideia de título: *Talvez agora*.

18/6

Ouço *Retiros espirituais*, de Gilberto Gil, e penso nela como uma canção da incorreção: cada verso — e cada célula da melodia — saindo da própria música, como se ela estivesse se produzindo no momento em que a ouvimos. A citação de Celly Campello, no meio disso, é tão maravilhosamente injustificada: puro gesto de embarcar no fluxo das associações sem sentido. Lembrei da maneira como Borges, no prólogo de *História universal da infâmia*, define o próprio livro como barroco, justificando que esse é um estilo que deliberadamente esgota (ou pretende esgotar) suas possibilidades, e que contém em si sua própria caricatura. O mesmo ocorre com a incorreção: como parodiar a canção de Gil se sua substância parece inseparável de sua realização? Não só a paródia já está contida na letra e na melodia, como qualquer tentativa de paródia resultará no *processo mesmo* que lhes deu origem.

20/6

Ser livre apenas para executar os gestos finais.

24/6

Diário, instante, improviso, absurdo, sonho, visão, tanto faz: palavras. Não usar palavras é perder a identidade? Mas o verdadeiro pensamento é sem autor e escrevo sem querer pensar, em um devaneio externo, deixando que as palavras me façam festa, menina no colo delas. Escrever é esquecer. A literatura é a maneira mais agradável de ignorar a vida. É uma sexta-feira de sol e de Júpiter e estou sozinho em casa, pensando que todas as vidas são vidas heroicas. Nada a fazer!

28/6

No filme *Certo agora, errado antes*, de Hong Sang-soo, um diretor de cinema está em uma cidade para apresentar seu filme mais recente e conhece uma jovem pintora. São, na verdade, dois filmes em um: depois de uma hora de desenlaces do encontro entre os dois, o filme recomeça e o mesmo encontro acontece de novo, no mesmo lugar, como em uma realidade paralela. Mas se por um momento parece que as coisas vão se repetir, tudo toma outro rumo: o humor das personagens está diferente e qualquer pequeno acidente na fala de um pode provocar uma reação que muda completamente a sucessão de eventos. Hong Sang-soo é conhecido por chegar ao *set* de filmagem com apenas uma ideia vaga do que quer filmar. As cenas — e o roteiro — se desenvolvem de acordo com a interação, em grande parte improvisada, dos atores na frente da câmera. Nesse sentido, as duas metades do filme são de fato duas versões (dois desenvolvimentos possíveis) do mesmo encontro entre pessoas. Há uma piscadela autoirônica quando Hong Sang-soo põe na boca de seu personagem um discurso pronto — que ele (personagem) usa tanto para explicar os próprios filmes quanto para comentar os quadros da pintora que acabara de conhecer — sobre o artista que se dirige ao desconhecido, sem planejar o resultado do que faz, inventando-se no processo.

28/7

A escrita de um diário é como a troca de pele de uma cobra. Reler as entradas é catar os pedaços que ficaram no caminho.

30/7

Quando a coisa se torna muito difícil é preciso desenrolar em vez de cortar o nó, pelo menos assim sente qualquer um que esteja trabalhando com qualquer fio. Assim sente qualquer um que esteja trabalhando com qualquer ferramenta. Assim sente qualquer um que esteja escrevendo qualquer frase ou lendo a frase depois de escrita.

3/8

Exposição dos diários de Frida Kahlo no Museu de Arte Moderna da Cidade do México. Na ampliação de uma das páginas, leio o seguinte, escrito em diversas cores: *"Experimentarei os lápis cortados ao ponto infinito que aponta sempre para a frente: / O verde: luz quente e boa / Solferino: azteca TLAPALI sangue velho de atum, o mais vivo e antigo / cor de molho, de folha que se vai* [...] */ nada é negro, realmente nada* [...] */ cor de maus anúncios, de bons negócios."* Frida Kahlo usa palavras para delimitar o seu desejo por materiais concretos que possa usar nas pinturas. Eu queria usar os materiais concretos para delimitar palavras.

4/8

Onde os materiais da escrita?

Notas

1 - A frase "*Considerar as coisas que nos sucedem como acidentes de um romance* [...]" é uma adaptação a partir de uma passagem do *Livro do desassossego*, de Fernando Pessoa.

2 - A frase "*Ser livre apenas para executar os gestos finais*" é uma adaptação a partir de uma passagem de *Água viva*, de Clarice Lispector.

3 - A entrada do dia 24/6 é um pastiche a partir de passagens de *Água viva*, *Livro do desassossego* e *Esperando Godot*, de Samuel Beckett.

4 - A entrada do dia 30/7 é toda uma tradução de Gertrude Stein.

4

ARTE BREVE: BICO DE PENA

Escrever

Kafka afirmou que o problema com a máquina de escrever era que a velocidade da escrita ultrapassava a do pensamento, pois, ao contrário da escrita à mão, que responde a um ritmo natural à marcha de ideias, ideia atrás de ideia, uma pondo a outra para fora do corpo através da ponta dos dedos (pois escrever, de certa forma, não é mais do que concentrar as palavras nas pontas dos dedos) e daí desaguá-las no papel misturadas à tinta da caneta, a escrita à máquina sai correndo, distribuindo letras e mais letras sem que o pensamento tivesse tido tempo de organizá-las. Mas Kafka, preocupado com tantos progressos indevidos, tanta complicação nas estruturas, tanta hierarquia entre as línguas, tanto matrimônio malogrado, deixou talvez de perceber o avesso possível disso: o pensamento pode nascer nas pontas dos dedos, na escrita, e daí entrar pela circulação nervosa do corpo, indo desaguar no cérebro (se é que é esse o lugar do pensamento, e não a flora intestinal ou a planta dos pés).

Dorival Caymmi

O neto está na praia com o avô. O avô, de bigode e bronzeado, veste um calção bonito e repete muitas vezes o nome do neto ("ê, João", "mais amendoim, João?"). O avô se diverte por estar sozinho com o neto na praia, e o neto gosta de ver o avô sorrindo. Às vezes o avô começa a cantar, assim só com a voz mesmo, sem violão, com aquela voz grande dele. Às vezes o mar grita alto e encobre a voz do avô, e a canção fica muda. O neto olha atento. O avô respeita muito o mar.

Frutas

O que faço da floresta dessa geometria boa — dessa geometria doida —, que escorre pelo corpo a cada mordida, refazendo o sentido da lógica pela lógica da sensação.

Forma

A história é que Debussy disse a Satie: "Suas composições não têm forma." Satie, então, compôs *Três peças em forma de pêra* — com sete movimentos.

Procrastinar

Ter o que fazer e se deixar levar por qualquer outra coisa vai sempre ser prazer maior do que não ter o que fazer e tentar cavar um devaneio.

Sempre passar de uma a outra coisa, cada vez mais longe das obrigações, cada vez menos atento ao que lê, vê, ouve, fala. Até topar com a cabeça cheia de vento. Não prestar muita atenção nem à própria falta de pensamento. Às vezes pode ajudar voltar a pensar nas obrigações por um instante, e logo escapar por outra fresta.

Deixar pra depois, deixar pra depois, deixar pra

Prosa

Montar prosa colar prosa calar prosa escolher prosa ser prosa jogar prosa exercer prosa brincar prosa correr prosa fechar prosa falar prosa excitar prosa exercitar prosa pulsar prosa enganar prosa alegar prosa alienar prosa saber prosa plantar prosa transar prosa escalar prosa dissecar prosa entreter prosa descarrilhar prosa desentupir prosa entrever prosa esticar prosa catar prosa colher prosa merecer prosa atacar prosa dosar prosa estrangular prosa entristecer prosa tecer prosa mandar prosa matar prosa tocar prosa limpar prosa chover prosa entornar prosa provar prosa prever prosa perder prosa

João Gilberto

A canção já está nos últimos versos, quase no acorde final, quando os óculos escorregam e lhe caem sobre a boca, interrompendo num instante canto e violão. João leva os óculos de volta à posição inicial e, sorrindo sem jeito, diz em português: "Desculpe". A plateia japonesa, então, depois de um riso curto o suficiente para expressar mais carinho que escárnio, inicia uma salva de palmas que dura 45 segundos. São aplausos verdadeiramente coletivos: nenhum assovio, nenhum "bravo", nenhuma tentativa de graça com a situação, nem manifestação individual que tente se destacar do conjunto. As próprias palmas têm volume tão nivelado entre si, que o resultado é um barulho constante e agradável, como o de uma cachoeira. E, como em uma cachoeira, o volume não aumenta nem diminui, e seria com certeza capaz de se manter por cinco, dez, quinze minutos, não fosse João — que tinha passado esse tempo cabisbaixo, balançando a cabeça em autopenitência — fazer menção de voltar a tocar.

Alfredo Volpi

Não quero, te juro, não quero mais a bandeira verde e amarela do país. Quero essas bandeirinhas concretas, essas bandeirinhas juninas, essas bandeirinhas de pintor — imigrante — brasileiro que fazia as próprias tintas.

MASP

Aqui em cima:
bandeirinhas bandeirinhas bandeirinhas
Lá embaixo:
bandeirões bandeirões bandeirões

Sonho

Acordei ainda sentindo o resto de pólen em minhas asas, e me espreguicei como se pudesse romper uma nova crisálida. Agora, neste sonambulismo bípede, eu vago para cá e para lá, tudo me parecendo um grande canteiro de obras: o barulho incessante, o pó que cai sobre mim, os eternos casulos que essa gente constrói. Minha pele, é claro, confunde-se com a superfície dos lugares por onde eu passo, de forma que quase ninguém me nota. Saio à procura dos manacás floridos das minhas fantasias. E perto do fim dos meus dias, caindo de tanto flanar, sinto saudade do maravilhoso escândalo que é nascer.

Quarta-feira

Fazer-se cinzas, deixar-se varrer, ser nada. Ter o corpo perdido em barafunda e achá-lo de novo aos poucos. O reino refeito e junto tudo aquilo: faixa de pedestres, represas, assentos. De novo, deixar-se mudo por um tempo. Voltar ao fio do tempo e ser alguém de novo. Agora, porém, revestida a bandeira: que palavra nenhuma vale a fantasia — não esta, mas a de dentro: encarnada, encardida.

Mira Schendel

As letras às vezes flutuam sem formar palavras; às vezes dançam em uma espiral em direção ao centro, formando uma massa densa como um buraco negro. E o que isso tem a ver, não sei, com o fato de ela ter nascido Myrrha, que depois virou Mirra, e por fim Mira, esse nome de preparo do corpo em direção a algo, mas também verbo imperativo: *"Olha!"*, assim como em um desenho onde a seta aponta para fora do quadrado e a palavra *"Passe!"* dá movimento ao traço. Gertrude Stein não gostava de verbos; Mira Schendel, sim. Embora gostasse mais de letras e do não e do sim e do objeto livre da língua e do espaço vazio.

Ler

E então você pôs o álbum para tocar no sistema de som e foi acompanhando com o dedo no livro de arranjos. Eu pensei: é música que ele lê. O impressionante, você me disse, é como os metais tocam a mesma coisa ritmicamente, mas cada um faz sua linha independente. E soa quase como se não estivesse escrito, como se o arranjo fosse a simples sobreposição de vozes livres que se combinam; mas claro que não é assim, tem muita precisão no que eles tocam, no volume, na altura, na duração de cada nota, tudo funcionando em conjunto. E então ficamos ouvindo e a sala agora ia escurecendo, mas nenhum de nós pensou em acender a luz: ficamos ali, naquela semiescuridão de domingo nublado, conversando ou em silêncio, lendo textos — eu lia e comentava com você — e músicas — você lia e me mostrava como ouvir.

Nota do Autor

O texto *Ângulo* foi escrito a partir da fotografia *Praia de Copacabana, Rio de Janeiro* (1947), de autoria do fotógrafo húngaro-brasileiro Thomaz Farkas. Trata-se de um exercício imaginativo, sem qualquer intenção de biografar o fotógrafo.

Imagens

1. Demolição do Belvedere do Trianon, autor desconhecido.
2. "Ono no Komachi em sua velhice", Tsukioka Yoshitoshi, 1886.
3. Foto: Acervo pessoal.

Algumas leituras citadas nos ensaios

BARTHES, Roland. *Roland Barthes por Roland Barthes*. Leyla Perrone-Moisés (trad.). São Paulo: Estação Liberdade, 2009.

BARDI, Lina Bo. "Uma aula de arquitetura". Em: *Lina por escrito. Textos escolhidos de Lina Bo Bardi*. Silvana Rubino; Marina Grinover (orgs.). São Paulo: Cosac Naify, 2009.

BECKETT, Samuel. *Esperando Godot*. Fábio de Souza Andrade (trad.). São Paulo: Companhia das Letras, 2017.

BOLAÑOS, Roberto. *Os detetives selvagens*. Eduardo Brandão (trad.). São Paulo: Companhia das Letras, 2006.

BORGES, Jorge Luis. *História universal da infâmia*. Davi Arrigucci Jr. (trad.). São Paulo: Companhia das Letras, 2012.

CESAR, Ana Cristina. *Poética*. São Paulo: Companhia das Letras, 2013.

ESCOREL, Eduardo. "Eduardo Coutinho, encontros amorosos". *Revista Piauí*, 01 fev 2019. Disponível em: https://piaui.folha.uol.com.br/eduardo-coutinho-encontros-amorosos/. Acesso em 19 de abril de 2024.

FRANZEN, Jonathan. "O cérebro de meu pai". Oscar Pilagallo (trad.). Em: *Revista Piauí*, edição 69, junho de 2012.

GULLAR, Ferreira. "Traduzir-se". Em: *A vertigem do dia*. São Paulo: Companhia das Letras, 2017.

LISPECTOR, Clarice. "Mineirinho". Em: *Para não esquecer*. São Paulo: Ática, 1979.

LISPECTOR, Clarice. *Água viva*. Rio de Janeiro: Rocco, 2020.

LUISELLI, Valeria. *Papeles falsos*. Cidade do México: Sexto piso, 2012.

MELO NETO, João Cabral de. "A palavra seda". Em: *A educação pela pedra*. Rio de Janeiro: Alfaguara, 2008.

PESSOA, Fernando. *Livro do desassossego*. Richard Zenith (org.). São Paulo: Companhia das Letras, 2006.

RUBINO, Silvana; GRINOVER, Marina (Orgs.). *Lina por escrito. Textos escolhidos de Lina Bo Bardi*. Coleção Face Norte, volume 13. São Paulo: Cosac Naify, 2009.

SARLO, Beatriz. *Tempo passado*. Rosa Freire d'Aguiar (trad.). São Paulo: Companhia das Letras, 2007.

STEIN, Gertrude. *How to Write*. Nova York: Dover Publications, 1975.

STEIN, Gertrude. *Look at Me Now and Here I Am*. Patricia Meyerowitz (org.). Londres: Penguin Books, 1990.

STEINER, George. *Depois de Babel*. Carlos Alberto Faraco (trad.). Curitiba: Editora UFPR, 2005.

THWAITE, Anthony; BOWNAS, Geoffrey (trads.). *The Penguin Book of Japanese Verse*. Londres: Penguin Classics, 2009.

Agradecimentos

Aos colegas e professores da pós-graduação em Formação de Escritores, do Instituto Vera Cruz. Devo às nossas oficinas o estímulo para a escrita de vários dos textos incluídos neste livro. Foi também graças a esses encontros que os textos encontraram a forma que têm aqui.

À Julia, que me leu Ana C na praia.

Entre a escrita e a publicação deste livro, vi nascer o meu filho João. Dedico o livro a ele, que já está me ensinando a ver tudo outra vez.